KB080250

하상미

일상의 모든 순간을 감각적이고 매력적으로
만들어가는 라이프스타일 인플루언서.
팔로워들 사이에서는 기자들을 뛰어넘는
센스와 정보력으로 '느낌 있는' 장소와
물건들을 쏙쏙 뽑아내는 '하에디터',
전문 포토그래퍼보다 사진을 더 잘 찍는
'하포토그래퍼'란 별명을 얻었다.
책, 영화, 드라마 등을 알아보는 심미안이
뛰어나 그녀가 선택하는 것, 그녀가 소개하는
건 믿고 볼 수 있다.
일상 속에서 우연히 만난 문장이 마치
운명처럼 지친 마음을 토닥이고, 삶을 이끄는
강한 원동력이 될 수 있음을 깨달은 후부터,
하나둘씩 '소울 센텐스Soul Sentence'를
모으기 시작했다.

Instagram_envy0725

SOUL
SENTENCE

SOUL
SENTENCE

GOOD SENTENCES WILL
TAKE YOU TO THE GOOD PLACE

오브바이포
Of By For

책, 드라마, 영화에서
혹은 누군가의 말에서
가슴을 울리고 심장을 세차게 뛰게 만드는
문장Sentences을 만난 적이 있나요?
운명적인 사람이나 장소에 끌리듯,
문장과도 운명 같은 만남이 이루어질 수 있다고 생각해요.
단 몇 줄의 글을 통해
우리는 깊은 감동을 느끼고,
움츠린 어깨를 펼 수 있는 힘을 얻고,
따뜻한 위안을 얻을 수 있으니까요.
그런 문장을 영혼과 맞닿은 글,
'소울 센텐스Soul Sentence'라 부르고 싶어요.

여기, 여러분들과 나누고 싶은
저의 소울 센텐스를 모았습니다.

여러분의 운명과도 같은
문장을 만날 수 있기를 바랍니다.

2022월 2월 하상미

Develop interest in life as you see it; in people, things, literature, music -the world is so rich, simply throbbing with rich treasures, beautiful souls and interesting people.

눈에 보이는 대로의 삶,
사람, 사물, 문학, 음악에 관심을 가지세요.
풍요로운 보물과 아름다운 영혼,
흥미로운 사람들로 넘쳐나는 세상에 가슴이 뛸 거에요.

_『북회귀선』을 쓴 미국의 작가, 헨리 밀러 Henry Miller

Think of all the beauty still left around you and be happy.

당신 주변에 아직 남아 있는
아름다운 모든 것을 생각하고 행복해지길.

_『안네의 일기』를 쓴 작가, 안네 프랑크 Anne Frank

Life is the flower for which love is the honey.

인생은 사랑이라는 꿀이 있는 꽃.

-『노트르담 드 파리』를 쓴 프랑스의 작가, 빅토르 위고 Victor Marie Hugo

And once the storm is over,
you won't remember
how you made it through,
how you managed to survive.
You won't even be sure,
whether the storm is really over.
But one thing is certain.
When you come out of the storm,
you won't be the same person
who walked in.
That's what this storm's all about.

폭풍이 끝나면, 당신은 어떻게 폭풍을 헤쳐 나갔는지,
어떻게 겨우 살아남았는지 기억하지 못할 것입니다.
폭풍이 정말로 끝난 것인지 확신할 수도 없을 거예요.
하지만 한 가지는 확실합니다.
폭풍에서 벗어났을 때,
당신은 더는 폭풍으로 걸어 들어갔던 그 사람이 아닐 거예요.
그것이 바로 폭풍의 의미입니다.

_『1Q84』를 쓴 일본의 작가, 무라카미 하루키 Haruki Murakami

I think that the m

for any person to l

It makes people ab

in other people's p

It makes them kin

and understandin

necessary quality
e is imagination.
to put themselves
es.
nd sympathetic

사람에게 꼭 필요한 능력은 상상력이라 생각해요.

상상력이 있어야

나 아닌 다른 사람의 입장에서 생각할 수 있어요.

친절과 공감과 이해심도 생기죠.

_미국의 작가, 진 웹스터 Jean Webster의 『키다리 아저씨』 중에서

A very little key will open a very heavy door.

무거운 문을 여는 것은 바로 그 작은 열쇠 하나.

_『올리버 트위스트』를 쓴 찰스 디킨스 Charles Dickens

PUT YOURSE
THIS BRINGS
YOUR TALEN

먼저 자신을 내보이세요.
그러면 당신의 재능이 드러날 거예요.

_스페인의 작가, 발타사르 그라시안 Baltasar Gracián y Morales

F ON VIEW.

S TO LIGHT.

Life is a lot more fragile than we think. So you should treat others in a way that leaves no regrets. Fairly, and if possible, sincerely.

인생은 우리가 생각하는 것보다 훨씬 더 연약합니다.
그러니 다른 사람들에게 후회가 남지 않게 대해야만 합니다.
공정하게, 가능하다면 진심으로.

_『노르웨이의 숲』을 쓴 작가, 무라카미 하루키 Haruki Murakami

Your happi
defined by
your spirit

ess is
hat makes
ng.

행복은 무엇이 당신의 영혼을 노래하게 하는가에 달려 있어요.

_미국의 영화배우, 낸시 설리번 Nancy Sullivan

To travel hopefully is a better thing than to arrive.

희망차게 여행하는 과정이
목적지에 도착하는 것보다 좋습니다.

_『보물섬』을 쓴 미국의 작가, 로버트 루이스 스티븐슨 Robert Louis Stevenson

Sometimes our fate
resembles
a fruit tree in winter.
Who would think that
those branches would turn
green again and blossom,
but we hope it, we know it.

우리의 운명은 겨울철의 과일나무와 닮았습니다.
나뭇가지에 다시 푸른 잎이 나고 꽃이 필 거라
누가 생각이나 할까요?
하지만 우리는 그렇게 되길 꿈꾸고,
결국 그렇게 될 것을 알고 있습니다.

_『젊은 베르테르의 슬픔』을 쓴 독일의 작가, 요한 볼프강 폰 괴테
Johann Wolfgang von Goethe

Everything's a story.
You are a story.
I am a story.

모든 것은 이야기입니다.

당신도 하나의 이야기고, 나도 하나의 이야기입니다.

_영국의 작가, 프랜시스 호지슨 버넷 Frances Hodgson Burnett의 『소공자』 중에서

Crying does not
indicate that
you are weak.
Since birth,
it has always
been a sign that
you are alive.

울음은 당신이 약하다는 의미가 아니에요.

태어났을 때부터 그것은 항상 당신이 살아있다는 증거였어요.

_『제인 에어』를 쓴 영국의 작가, 샬럿 브론테 Charlotte Bronte

Life is very interesting. In the end, some of your greatest pains, become your greatest strengths.

인생은 참 흥미로워요.
결국엔 당신의 가장 큰 고통이 당신의 가장 큰 힘이 되니까요.

_미국의 영화배우, 드류 베리모어 Drew Barrymore

I am going to pretend
that all life is just a game
which I must play as skilfully
and fairly as I can.
If I lose, I am going to shrug
my shoulders and laugh–
also if I win.

인생을 '최대한 능수능란하고 정정당당하게
승부해야 하는 게임' 정도로 여기려고 해요.
그러니 져도 어깨 한 번 으쓱하고는 웃어넘길 거예요.
이길 때도 마찬가지고요.

_미국의 작가, 진 웹스터Jean Webster의 『키다리 아저씨』 중에서

I hope you live a life you're proud of, and if you find that you're not, I hope you have the strength to start all over again.

스스로에게 자랑스러운 삶을 살길.
그리고 이게 아니다 싶으면,
모든 것을 새롭게 시작할 수 있는 용기를 가지길.

_『위대한 개츠비』를 쓴 미국의 소설가, F. 스콧 피츠제럴드 F. Scott Fitzgerald

**Happiness is
when what you think,
what you say,
and what you do
are in harmony.**

행복은 당신이 생각하는 것,

당신이 말하는 것,

당신이 행동하는 것이

조화를 이루는 때입니다.

_인도의 정치 지도자, 마하트마 간디 Mahatma Gandhi

I care for myself.
The more solitary,
the more friendless,
the more unsustained I am,
the more I will respect
myself.

나는 나 자신을 돌봅니다.
내가 더 고독해질수록, 혼자가 될수록,
다른 이의 도움을 받지 않을수록
나 자신을 더욱 존경하게 될 거예요.

_『제인 에어』를 쓴 영국의 작가, 샬럿 브론테 Charlotte Bronte

Happiness is like a butterfly,
the more you chase it,
the more it will elude you,
but if you turn your
attention to other things,
it will come and sit softly
on your shoulder.

행복은 나비와 같아서

잡으려 하면 할수록 달아나지만,

다른 것에 주의를 돌리면

어느새 다가와 당신의 어깨에

살포시 내려앉을 것입니다.

_『주홍글씨』를 쓴 미국의 소설가, 나다니엘 호손 Nathaniel Hawthorne

One cannot
think well.
love well.
sleep well.
if one has not dined well.

잘 먹지 못하면
잘 생각하고, 잘 사랑하고, 잠을 잘 이룰 수 없답니다.

_『자기만의 방』을 쓴 영국의 작가, 버지니아 울프 Virginia Woolf

Love yourself first and everything else falls into line.

먼저 당신을 사랑하세요.
그러면 다른 모든 것들이 뒤따라올 거예요.

_미국의 코미디언, 루실 볼 Lucille Ball

TO LOVE PURELY IS TO CONSENT TO DISTANCE, IT IS TO ADORE THE DISTANCE BETWEEN OURSELVES AND THAT WHICH WE LOVE.

순수하게 사랑한다는 것은 거리를 두는 데 동의하는 일입니다.
사랑할수록 자신과 사랑하는 사람 사이의
적절한 간격을 존중해야 해요.

_프랑스의 사상가, 시몬느 베이유 Simone Weil

WE OFTEN

WHAT WIL

BY FINDING

WHAT WIL

DISCOVER
DO,
OUT
NOT DO.

우리는 무엇이 안 되는지 깨달음으로서
무엇이 되는지를 발견합니다.

_영국의 작가, 사무엘 스마일스 Samuel Smiles

Nothing is impossible, the word itself says I'm possible.

불가능은 없어요.

단어 자체가 이야기하고 있잖아요.

난 가능하다고.

_미국의 여배우, 오드리 헵번 Audrey Hepburn

If you are working on something that you really care about,
You don't have to be pushed.
The vision pulls you.

만약 당신이 정말로 관심 있는 뭔가를 하려 한다면,
당신 자신을 너무 몰아붙일 필요는 없어요.
결국 그 비전이 당신을 끌어당길 겁니다.

_미국의 기업가, 스티브 잡스 Steve Jobs

The more I think it over, the more I feel that there is nothing more truly artistic than
to love people.

아무리 생각해봐도,
사람을 사랑하는 것보다 더 예술적인 일은 없습니다.

_네덜란드의 화가, 빈센트 반 고흐 Vincent van Gogh

If there were in the w
any large number of
who desired their ow
they desired the unh
we could have paradi

d today

ple

ppiness more than

ness of others,

a few years.

다른 사람의 불행보다
자신의 행복을 바라는 사람이 더 많았다면,
몇 년 후에 우리는 낙원을 맞이할 수 있었을 것입니다.

_영국의 철학자, 버트런드 러셀 Bertrand Russell

Everyone needs to
be valued.
Everyone has the
potential
to give something back.

사람은 누구나 정당한 평가를 받아야 합니다.

누구나 남에게 무언가를 베풀 수 있는 잠재력을 가지고 있거든요.

_영국의 전 왕세자비, 다이애나 스펜서 Diana Frances Spencer

Kindness is the language which the deaf can hear and the blind can see.

친절함이란 귀먹은 자가 들을 수 있고
눈먼 자가 볼 수 있는 언어입니다.

_『왕자와 거지』를 쓴 미국의 작가, 마크 트웨인 Mark Twain

LIFE SHRINKS OR EXPANDS IN PROPORTION TO ONE'S COURAGE.

인생은 자신의 용기에 비례하여 축소 또는 확장됩니다.

_미국의 소설가, 아나이스 닌 Anais Nin

I SHUT MY EYES IN ORDER TO SEE.

나는 보기 위해 눈을 감아요.

_프랑스의 화가, 폴 고갱 Paul Gauguin

It is your work in life that is the ultimate seduction.

삶 속에서 만난 최고의 유혹이 바로 당신이 해야 할 일입니다.

_스페인의 화가, 파블로 피카소 Pablo Picasso

Keep your love of nature,
for that is the true way
to understand art more and more.

자연에 대한 사랑을 간직하세요.
그것이 예술을 더 깊이 이해하는 진정한 방법입니다.

_네덜란드의 화가, 빈센트 반 고흐 Vincent van Gogh

I often think
that the night
is more alive
and more richly
colored than
the day.

SOUL SENTENCE 34

나는 가끔 밤이 낮보다 더 생동감 있고,
더 풍부한 색을 가지고 있다고 느낍니다.

_네덜란드의 화가, 빈센트 반 고흐 Vincent van Gogh

Part of the secret of
success in life is
to eat what you like
and let the food fight
it out inside.

인생에서 성공하는 비결 중 하나는
좋아하는 음식을 먹고 끝까지 싸우는 것입니다.

_『톰 소여의 모험』을 쓴 미국의 작가, 마크 트웨인 Mark Twain

I like living.
I have sometimes been wildly,
despairingly, acutely miserable,
racked with sorrow, but through
it all I still know quite certainly
that just to be alive
is a grand things.

나는 산다는 것이 좋아요.
때로는 미친 듯이
절망적으로 통렬하게 비참했으며
슬픔으로 가슴이 찢어졌지만,
이제 나는 그 모든 것을 통해
단지 살아있는 것만도 위대한 일임을 확실히 알았어요.

_『오리엔트 특급살인』을 쓴 영국의 소설가, 애거사 크리스티 Agatha Christie

Life is not measured
by length but by depth.

인생은 길이가 아닌 깊이로 측정됩니다.

_이스라엘의 신학자, 벤스 하브너 Vance Havner

A single day
is enough
to make us
a little larger.

우리를 조금 크게 만드는 데 걸리는 시간은 단 하루면 충분합니다.

_스위스의 화가, 파울 클레 Paul Klee

Elegance is not the prerogative of those who have just escaped from adolescence, but of those who have already taken possession of their future.

우아함이란 이제 갓 사춘기를 벗어난 이들의 특권이 아니라,
이미 스스로의 미래를 꽉 잡고 있는 이들의 것입니다.

_프랑스의 디자이너, 가브리엘 샤넬 Gabrielle Chanel

Count your age by friends,
not years.
Count your life by smiles,
not tears.

당신의 나이를 세월이 아닌 친구로 세어 보세요.
당신의 삶을 눈물이 아닌 웃음으로 세어 보세요.

_영국의 가수, 존 레논 John Lennon

YOU CANNOT FIND PEACE BY AVOIDING LIFE.

삶을 회피하면서 평화를 찾을 수는 없어요.

_영국의 소설가, 버지니아 울프 Virginia Woolf

You cannot acq
by making expe
You cannot cre
You must unde

re experience
ments.
experience.
it.

실험을 통해 경험을 얻을 순 없어요.
경험을 창조할 수도 없습니다. 반드시 겪어야만 얻을 수 있어요.

_『이방인』을 쓴 프랑스의 작가, 알베르 카뮈 Albert Camus

I believe the nicest and sweetest days are not those on which anything very splendid or wonderful or exciting happens but just those that bring simple little pleasures, following one another softly, like pearls slipping off a string.

정말로 행복한 나날이란 멋지고 놀라운 일이 일어나는 날이 아니라
진주알들이 하나하나 한 줄로 꿰어지듯
소박하고 자잘한 기쁨들이 조용히 이어지는 날들인 것 같아요.

_캐나다의 작가, 루시 모드 몽고메리 L. M. Montgomery의 『에이번리의 앤』 중에서

WE CANNOT REALLY LOVE ANYBODY WITH WHOM WE NEVER LAUGH.

함께 있을 때 웃음이 나오지 않는 사람과는
결코 진정한 사랑에 빠질 수 없어요.

_미국의 수필가, 아그네스 리플라이어 Agnes Repplier

The human race has one really effective weapon, and that is laughter.

인류는 매우 효과적인 무기를 가지고 있습니다.
바로 웃음이지요.

『톰 소여의 모험』을 쓴 미국의 작가, 마크 트웨인 Mark Twain

The meeting of two personalities is like the contact of two chemical substances: if there is any reaction, both are transformed.

두 사람이 만나는 것은 두 가지 화학 물질이 만나는 것과 같습니다.
어떤 반응이 일어나면 둘 다 완전히 바뀌게 됩니다.

_스위스의 정신분석학자, 칼 융 Carl Gustav Jung

No need to hurry.
No need to sparkle.
No need to be anybody but oneself.

서두를 필요도 없고, 반짝일 필요도 없어요.
당신 자신 이외의 다른 사람이 될 필요도 없어요.

_영국의 소설가이자 비평가, 버지니아 울프 Virginia Woolf

To want to be what one can be is purpose in life.

자신이 될 수 있는 존재가 되길 희망하는 것이 삶의 목적입니다.

_미국의 작가, 신시아 오지크 Cynthia Ozick

Never bend your head.
Hold it high.
Look the world straight
in the eye.

절대로 고개를 떨구지 말아요.
고개를 치켜들고 세상을 똑바로 바라보세요.

_미국의 사회사업가, 헬렌 켈러 Helen Keller

To act, to create,
to fight with the
circumstances,
win or be
defeated-that's
the life of a healthy
person.

행동하고 창조하고 주변과 싸우세요.
이기든 지든, 그것이 건강한 사람의 삶입니다.

_『목로주점』을 쓴 프랑스의 작가, 에밀 졸라 Emile Zola

Love the lif
Live the life

you live.

you love.

당신이 살고 있는 인생을 사랑하고,
당신이 사랑하는 인생을 사세요.
_자메이카의 가수이자 작곡가, 밥 말리 Bob Marley

Nobody sees a flower.
It is so small it takes time-
we haven't time-
and to see takes time,
like to have a friend takes time.

아무도 꽃을 보지 않아요.
너무 작아서 알아보는 데 시간이 걸리기 때문이지요.
우리에겐 시간이 없고, 무언가를 보려면 시간이 필요해요.
마치 친구를 사귀는 것처럼.

_미국의 화가, 조지아 오키프 Georgia O'keeffe

Courage is
being scared to death,
but saddling up
anyway.

용기란 죽을 만큼 두려워도 일단 시작해보는 것입니다.

_미국의 영화배우, 존 웨인 John Wayne

Ideas are like rabbits.
You get a couple
and learn how to
handle them,
and pretty soon
you have a dozen.

아이디어란 토끼와 같아요.
토끼 한 쌍을 구해 돌보는 법을 배우면
머지않아 열두 마리를 가지게 될 거예요.

_『분노의 포도』의 저자, 존 스타인벡 John Steinbeck

Old friends pass away,
new friends appear.
It is just like the days.
An old day passes,
a new day arrives.
The important thing is
to make it meaningful:
a meaningful friend-
or a meaningful day.

옛 친구들은 사라지고 새로운 친구들이 생겨납니다.
시간도 마찬가지입니다.
과거는 흘러가고 미래가 나타납니다.
중요한 것은 의미를 만드는 것입니다.
의미 있는 친구들 또는 의미 있는 날들.

_티베트의 종교 지도자, 달라이 라마 Dalai Lama

If you're brave enough
to say goodbye,
life will reward you
with a new hello.

당신에게 '굿바이'라고 말할 수 있는 용기가 있다면
삶은 기꺼이 새로운 만남을 안겨줄 것입니다.

_브라질의 소설가, 파울로 코엘료 Paulo Coelho

You only l
but if you
once is en

e once,

o it right,

ugh.

인생은 한 번뿐이지만,
제대로 산다면 한 번이면 충분해요.

_미국의 영화배우이자 인권 운동가, 메이 웨스트 Mae West

Life is the art of drawing without an eraser.

삶이란 지우개 없이 그려가는 예술입니다.

_미국의 소설가, 존 가드너 John W. Gardner

However vast the darkness, we must supply our own light.

세상의 암흑이 얼마나 클지라도
우리는 각자의 빛을 찾아야 해요.

_미국의 영화감독, 스탠리 큐브릭 Stanley Kubrick

THE OLDER THE GRAPES, SWEETER THE WINE.

포도가 더 오래 숙성될수록, 와인은 더 달겠죠.

_미국의 가수, 재니스 조플린 Janis Joplin

CREATIVIT
POWER TO
THE SEEMI
UNCONNEC

IS THE
ONNECT
BLY
ED.

창의력이란 겉으로 보기에는 상관없는 것들을 연결하는 힘입니다.

_남아프리카 공화국의 작가, 윌리엄 플로머 William Plomer

If you cannot fly
then run.
If you cannot run,
then walk.
And if you cannot walk,
then crawl,
but whatever you do,
you have to keep
moving forward.

날지 못한다면, 달려요.
달리지 못한다면, 걸어요.
걷지 못한다면, 기어요.
당신이 무엇을 하든지,
앞으로 나아가야 한다는 것만 명심하세요.

_미국의 인권 운동가, 마틴 루터 킹 Martin Luther King. Jr.

If I can stop one heart
from breaking,
I shall not live in vain;
If I can easy one life
the aching,
or cool one pain,
or help one fainting robin
into his nest again,
I shall not live in vain.

누군가의 마음속 상처를 낫게 할 수 있다면
나는 헛되이 산 것이 아닙니다.
아파하는 누군가의 삶을 편안하게 해 주고
그 고통을 덜어줄 수 있다면,
다친 울새 한 마리가 둥지로 돌아갈 수 있게 도와준다면
나는 헛되이 산 것이 아닙니다.

_미국의 시인, 에밀리 디킨슨 Emily Dickinson

I have sought for happiness everywhere, but I have found it nowhere except in a little corner with a little book.

이 세상 도처에서 행복을 찾아보았지만,
책 한 권이 있는 구석진 곳을 빼고는 행복을 찾을 수 없었습니다.

_독일의 성직자, 토마스 아 켐피스 Thomas A kempis

WHAT IS IMPORTANT URGENT AND
WHAT IS URGENT IMPORTANT.

ANT IS SELDOM

IS SELDOM

중요한 것은 위급한 경우가 드물고,
위급한 것은 중요한 경우가 드뭅니다.

_미국의 정치인, 드와이트 아이젠하워 Dwight David Eisenhower

When one doo
closes, anothe
But often we
the closed do
that we do no
which has bee
for us.

of happiness
opens.
ok so long at

see the one
opened

행복의 한쪽 문이 닫히면, 다른 쪽 문이 열립니다.
그러나 우리는 닫힌 문만 계속 보고 있어서
또 다른 문이 우리를 위해 열려 있다는 것을 알지 못합니다.

_미국의 사회사업가, 헬렌 켈러 Helen Keller

The word 'happy' would lose its meaning if it were not balanced by sadness.

행복이란 말은 슬픔으로 균형이 잡히지 않는다면
그 의미를 잃게 됩니다.

_스위스의 심리학자, 칼 융 Carl Gustav Jung

Life is short.
Break the rules.
Forgive quickly.
Kiss slowly.
Love truly.
Laugh uncontrollably
And never regret
anything
That makes you smile.

인생은 짧아요. 규칙을 깨세요. 빨리 용서하세요.
천천히 키스하세요. 진실로 사랑하세요.
미친 듯이 웃고, 당신을 미소 짓게 만든 것들에 대해
절대 후회하지 마세요.

_미국의 소설가, 마크 트웨인 Mark Twain

Underpromise
overdeliver.

덜 약속하고, 더 많은 것을 해주세요.

_미국의 작가, 톰 피터스 Tom Peters

I don't have time to
worry about
who doesn't like me.
I'm too busy loving the
people who love me.

나를 싫어하는 사람들에 대해 걱정할 시간이 없어요.
나를 사랑하는 사람들을 사랑하는 것만으로도 너무 바쁘거든요.

_미국의 만화가, 찰스 슐츠 Charles Schulz 의『피너츠』중에서

We turn not older with years but newer every day.

우리는 해가 지날수록 나이 들어가는 것이 아니라,
매일 더 새로워지는 것입니다.

_미국의 시인, 에밀리 디킨슨 Emily Dickinson

Elegance is
when the inside
is as beautiful
as the outside.

우아함이란 내면이 외면만큼 아름다운 순간입니다.

_프랑스의 패션 디자이너, 가브리엘 샤넬 Gabrielle Chanel

The past is a pebble in my shoe.

과거는 내 신발 안의 조약돌 같은 것.

_『검은 고양이』를 쓴 미국의 소설가, 에드거 앨런 포 Edgar Allan Poe

The rain will stop,
the night will end,
the hurt will fade.
Hope is never so lost
that it can't be found.

SOUL SENTENCE 74

비는 멈출 것이고, 밤은 끝날 것이고, 아픔은 희미해질 것입니다.
그러나 희망은 잃어버려도 찾을 수 없는 것이 아닙니다.

_미국의 소설가, 어니스트 헤밍웨이 Ernest Hemingway

You've gotta dance like there's
nobody watching,
Love like you'll never be hurt,
Sing like there's nobody listening,
And live like it's heaven on earth.

보는 이 없는 것처럼 춤추고,

상처받지 않을 것처럼 사랑하고,

듣는 이 없는 것처럼 노래하고,

지상의 천국에 있는 듯 살아요.

_미국의 교육자이자 작가, 윌리엄 펄키 William W. Purkey

Yes! You're en
But I'll tell you
All the best pe

ely bonkers.

secret.

le are.

그래요. 당신은 완전히 미쳤어요.
이건 비밀인데,
멋진 사람들은 모두 미쳤답니다!

_『이상한 나라의 앨리스』를 쓴 루이스 캐럴 Lewis Carrol

Everything
in its place.

모든 것은 자신의 자리에.

_영국의 작가, 올리버 색스 Oliver Sacks 의 마지막 책 제목

WRITE DOWN YOUR STORY
WRITE DOWN YOUR SOUL SENTENCES

GOOD SENTENCES WILL
TAKE YOU TO THE GOOD PLACE

SOUL
SENTENCE

소울 센텐스

초판 1쇄 발행 2022년 2월 21일
초판 2쇄 발행 2023년 1월 2일

지은이 하상미
발행인 황혜정
펴낸 곳 오브바이포 Of By For
책임편집 한지윤
전자우편 ofbyforbooks@naver.com
전화 010-3000-9244
팩스 02-6455-9244
출판등록 2017년 9월 19일 제 25100-2017-000071호
ISBN 979-11-962055-7-7 (03810)

* 가격은 뒷표지에 있습니다.
* 저작권법에 따라 한국에서 보호받는 저작물이므로 복제를 금합니다.
* 이 책의 내용 일부 또는 전부를 재사용하려면 반드시 저작권자와 출판사의 동의를 얻어야 합니다.
* 표지 및 내지 디자인을 상업적으로 사용할 수 없으며 반드시 출판사의 허락을 받아야 합니다.